U0058711

獻給姊妹凡妮莎，還有那些失蹤的桌遊……
——潔西卡‧馬丁奈羅

獻給瑪麗亞‧蘿莎莉
——葛雷果‧馬畢爾

國家圖書館出版品預行編目資料

怪獸幫你收拾房間！/潔西卡.馬丁奈羅(Jessica
Martinello)文；葛雷果.馬畢爾(Grégoire Mabire)
圖；黃聿君譯. -- 第一版. -- 臺北市：親子天下股
份有限公司, 2022.01
32面 ; 28 x 23公分. -- (繪本 ; 291) 注音版
ISBN 978-626-305-144-7(精裝)

881.7599   110020791

Même les monstres rangent leur chambre!
© 2020 Mijade Publications (B-5000 Namur - Belgium)
Grégoire Mabire for the illustrations
Jessica Martinello for the text
Traditional Chinese copyright © 2022
by CommonWealth Education Media and Publishing Co., Ltd.

繪本 0291

怪獸幫你收拾房間！

文｜潔西卡‧馬丁奈羅（Jessica Martinello）　圖｜葛雷果‧馬畢爾（Grégoire Mabire）
譯｜黃聿君

責任編輯｜謝宗穎　美術設計｜陳安婕、林子晴　行銷企劃｜林思妤

天下雜誌群創辦人｜殷允芃　董事長兼執行長｜何琦瑜
媒體暨產品事業群
總經理｜游玉雪　副總經理｜林彥傑　總編輯｜林欣靜　行銷總監｜林育菁　資深主編｜蔡忠琦　版權主任｜何晨瑋、黃微真

出版者｜親子天下股份有限公司　地址｜台北市 104 建國北路一段 96 號 4 樓
電話｜（02）2509-2800　傳真｜（02）2509-2462　網址｜www.parenting.com.tw
讀者服務專線｜（02）2662-0332　週一～週五：09:00～17:30
傳真｜（02）2662-6048　客服信箱｜parenting@cw.com.tw
法律顧問｜台英國際商務法律事務所‧羅明通律師
製版印刷｜中原造像股份有限公司
總經銷｜大和圖書有限公司　電話：（02）8990-2588

出版日期｜2022 年 1 月第一版第一次印行
　　　　　2024 年 1 月第一版第三次印行
定價｜320 元　書號｜BKKP0291P　ISBN｜978-626-305-144-7（精裝）

訂購服務
親子天下 Shopping｜shopping.parenting.com.tw
海外‧大量訂購｜parenting@cw.com.tw
書香花園｜台北市建國北路二段 6 巷 11 號　電話（02）2506-1635
劃撥帳號｜50331356　親子天下股份有限公司

立即購買 >

怪獸幫你收拾房間！

文　潔西卡·馬丁奈羅

圖　葛雷果·馬畢爾

譯　黃聿君

我是怪獸菲寶。
對、對，你沒看錯。
我是一隻小怪獸，常在書裡出現的那種……

我當然是真的！我有毛茸茸的身體，
尖尖的牙齒和銳利的爪子，而且……
我超愛惡作劇。

我跟你沒什麼不一樣。
我愛吃糖果，

喜歡打籃球。

可是，我討厭收拾房間……

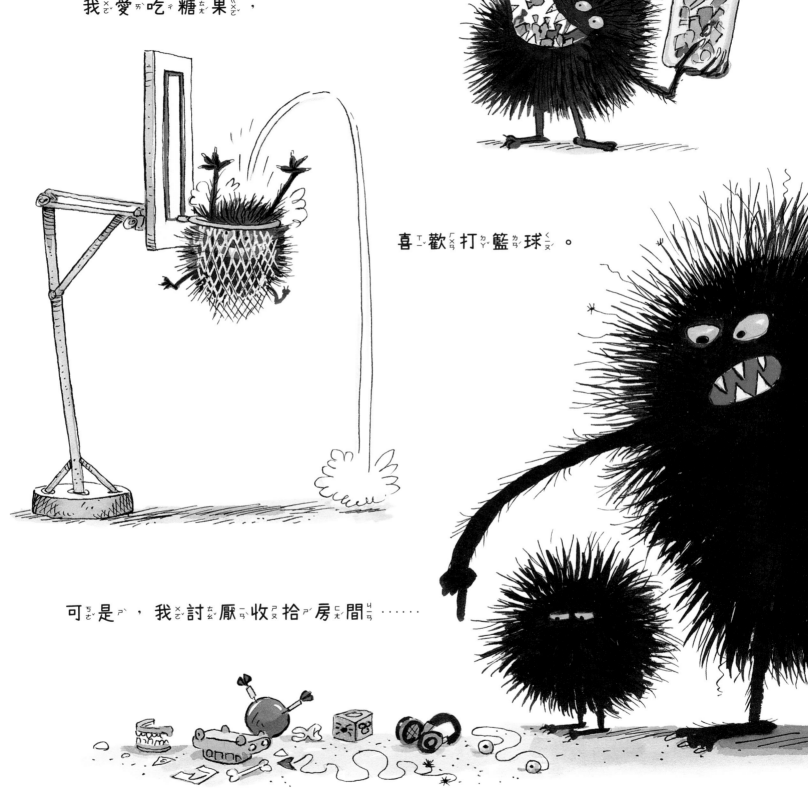

不過，那是在我遇到強尼之前的事了。

故事得從那天說起……

那天傍晚，我在外面散步，
聽見一陣奇怪的聲響。

我是個好奇寶寶，
於是就靠過去，
看看是怎麼一回事。

我看見一個人類小孩，
他認真的把玩具
拿過來拿過去……

……好像收拾房間是件很好玩的事！
太奇怪了！

哇啦哇啦哇啦！

我決定弄清楚這是怎麼一回事，
而且我又愛惡作劇，
所以就突然跳到他面前……

啊！啊！啊！

……嚇得他在房間裡到處亂竄，
大喊：

「不要！不要！拜託！
不要吃掉我的玩具！
我保證馬上把地上的玩具收好！」

這就是我遇見強尼的經過。

「喂！等一下！」我說，
「我是惡作劇怪獸，
不是壞心眼怪獸。
剛剛只是在開玩笑！」

「你……你不是那個專吃玩具的玩具怪獸？」
強尼問。

我完全不知道他在說什麼。

「那……你是誰啊？」
「我嗎？我叫菲寶，最愛惡作劇！
告訴我，你為什麼在收拾房間呢？」

「因為睡覺時間快到了啊……」
　強尼回答，
「你看，我的玩具都好害怕，
　怕我忘了把它們收好，
　害它們被玩具怪獸吃掉。」

「白天我在學校的時候，
玩具怪獸都在呼呼大睡。
它只會在晚上，
趁我睡著的時候出現。」

「玩具怪獸喜歡整齊，
玩具怪獸熱愛秩序，
他的肚子永遠填不飽……」

「他靜悄悄的在黑暗裡移動，
抓起亂放的玩具，然後……
咕嚕！
一口就把玩具吞下肚。」

「我心愛的小玩具兵呢？
我以為我把它弄丟了，
其實是被玩具怪獸吃掉了！」

「陪我一起睡覺的親親小兔呢？
被玩具怪獸一口吞進
肚子裡了。」

「還有我的新籃球！
你覺得它跑哪去了？」

「你ㄋㄧˇ猜ㄘㄞ是ㄕˋ被ㄅㄟˋ誰ㄕㄟˊ拿ㄋㄚˊ走ㄗㄡˇ了ㄌㄜ˙？」

「所以我才要收拾房間。
如果房間亂七八糟，地上堆滿玩具……」

「……就會害玩具掉進怪獸的肚子裡。」

「房間……
亂七八糟？」

「我不是隨便亂說喔，」強尼認真的說，
「玩具怪獸誰都不放過，連大人也一樣。」

「所以囉，就算你是小怪獸，
　只要你沒好好收拾房間，最好還是趕快衝回家……」

「趁玩具怪獸發現之前……」

「……趕快把房間收拾乾淨！」